楡の茂る頃とその前後

the season of lush elms and around it

Fujita Satoshi

藤田哲史

左右社

目次

I

ルーペ

てのひらを揺れたたせたる泉かな

星の窓《まど》新樹の窓ととなりあふ

あめんぼを外して雨が跳ねてをり
水面の凹み凹みは白雨かな

手花火の火の弧が一度跳ね上がる
明け渡る世界のあをきちちろかな

置きしのち榠樝が傾ぐ自ら

傷もののオリーブ搾る砌《みぎり》かな

或るひとの今は生前龍の玉

身起こして今朝の凩聴きにけり

長軀の木凩の盾たり得ずに

手袋にルーペ扱ふ雑木林

もの思ふ雪の厚みの徐々に徐々に
階段に厚く積む雪斜面なす

自動車の暖房はじめ風のみと

冬鷗何の忘却も快く

啓蟄や光が示す宙の雨

長閑なり誰かが浜に残す線

弧を引いて隔たりゆける燕なり

花のころ微睡みがちに一人掛

Ⅱ

別れの日

汀から靴抛られし水の秋

鰯雲朝は早くも夜を待ち

今は秋教会屋根の銅の蒼
蟷螂が壁に向き合ひ動かざる

セイタカアワダチサウに埋没のセダンある

セイタカアワダチサウ茂りセダンにラジオ老ゆ

夜学あり喫煙ルーム硝子張

雑居ビル一階喫茶蔦枯るる

枯蔦や論文読みに費す日

ヒートテックに身詰まる調布駅で待ち

画廊まで歩くを雹が急き立てる

画廊に座す監視員たり冬と知る

マフラーして試聴のために佇める
頬に当て携帯電話冷たしや

感冒や日当るも温まらぬ床

吸熱シートいつ剝がれけむ今日も風邪

引き止めてマスク促す声があり

レコード店勤めの彼のマスク見つ

セーターを脱ぎざまベッドに彼は倒る

初氷紺か青かの夜明け方

柊や彼と諍ふ昨日あり

ラグビーを観て叫ぶかな君僕彼

冬晴やソース含めるメンチカツ

ひとときのうちに積雪の欅なり

凩や帰郷の彼に車貸す

牛丼の半券白し去年今年

淑気とはスモッグ拭ふ町の雪

別れの日冬雲を見つ少しく緋

麺蒸して製麺所あり夕霞

膝掛がありの居ぬ部屋があり

孤独ありダウンジャケット抱くと萎ゆ

冬籠めがねを掛けて小さな目

忘れまた深く眠りぬ龍の玉

コート着て試験のための調べもの

向き合つて試験準備の机なり

吸殻や卒業見込その確かさ

卒業や珈琲店の紙燐寸

雨がちに三寒四温さて明日は

霙して三月三日手渡す稿

初蝶や本を手挟み修士たり

Ⅲ　音信不通

アイスコーヒー空青きまま夜に入る

アイスコーヒー氷を避けて下降の乳

述懐とアイスコーヒー染むノート
アイスコーヒーもたげられソーダが見ゆる

極暑なり店に写真機の目目目目目

俯せの頁も夕さるすべり

裸なり驟雨が窗を撃ち続け

摘果林檎の散らばれる丘暮れなづむ

避暑旅行の記憶全てが蒼くあり

直面《ひためん》に塾講師たり夜の秋

夏逝くや陶器の犬に革の首輪

晩夏なり酢漬辣韮匙の上

蟷螂にコップ被せて閉ぢ込むる

音信不通以後の鯖雲はためくシーツ

芋の秋給油所に犬洗はれし

露のころランドリー機が持つ温み

冷ややかや湾の堤に人と犬

椅子置くとたちまち欅落葉かな

いちやうもみぢに立つ石敷のかたさなり
思考停止《エポケー》の白雲がありと冬知る

立つ木々に凩の鞭飛びにけり

寒林の消失点を過る者

さういへば積雪誤報壜に乳
容顔を映しパチンコ玉冷ゆる

ダウンジャケット置かれて膨れゆきにける
ジャケットに寝て運転は君に任す

うたたねに温もるバンや枯野の端

薄給やさざんくわ積めるる芝のうへ

底冷のスタンスドット夜に入る

窗寒しテープで留めて幾写真

悴む身自動販売機が照らす

枝の雪手紙不精は死になさい

くちびるにスパムのあぶら花のころ

舗装の隙に列なす杉菜自嘲せる

Ⅳ

瑠璃子

試験後の黒縁眼鏡相会ふと

チョコレート包み煌めく余寒かな

ぬひぐるみの頸《くび》の締め甲斐はるのよる

風船や日曜画家の速写帖

夏館てのひらよりも小さき絵

私掠船遠く撃ちあふ穂麦かな

とゝのへる茂みに妃そしりゐん

回国王臣鏖《みなごろし》豆の花

酷暑なり猿《ましら》が住める欲の森

戯れに裸撮りあふ関係なり

朝曇シャワーカーテン貼りつく背
ホテルの床冷房に冷ゆ朝《あした》から

漣に蛇の漣立ちにけり

かなぶんがコルクの栓を攀ぢ上る

小えびのわが身溶けそめくらげの中と知る

幽霊瑠璃子サマードレスを今日得たり

網戸ごしのバイクにほへる夕かな

左京区カートに西瓜四分の一カット

西日中鳥腿肉の張と艶

僧裕福猫怠慢の葵かな

世阿弥の忌湯に腸詰の揺れてをり

つづれさせ往復書簡終《つひ》を忌み

御所の警備かつては弓や猫じやらし

レーウェンフック氏自作ルーペニ露ヲ検《ケ》見《ミ》ス

菊白し彼が貸し出す去来抄

たうがらし沈めて辣油卓の上

秋風や汝の臍に何植ゑん

我も汝も秋冷のもの汝を抱く

菌美《は》し人を母として冥王素《プルトニウム》

葛の葉やワイパーのあと扇形《なり》

風の日は回転木馬に冷ゆる腿

末枯やル・コルビュジエの眼鏡の度

人体に尾の退化あり日短

冷ややかやクレーター内永久に影

霜柱報告少女耳あかき

細胞に細胞膜や去年今年

ボブスレーひよいと飛び乗り身を収む

三人が傾きボブスレー曲がる

洛中洛外図雲黄金色薬喰

鋤焼や花魁言葉ありんすをりんす

V　言う

佇《たたず》むと新樹が匂うこと更に

台北湿度九十東京湿度百

帰省した足で余呉湖の辺りまで

髪にしたシガーの匂い避暑の旅

鰯雲ライターの火に手を盾に
きりぎりす次の休暇を彼は問う

いざよいのしろい布巾にしろい卵《らん》

いざよいは指先照らすミシンの灯

そして木が榠樝を容《かたちづく》るころ

直立の夜長の木々が宿すもの

月光に濡れている椅子もし座せば

月は日に時を渡して冷ややかに

洋梨に縦一本の傷がある
卓上の梨が詩集に置き換わる

見て黒い十一月の夜の川

タイピングあるとき止まり彼は咳

日々路に落葉した欅も今は
冬隣バンのライトの仄かな黄

言《ものい》うと風邪声同士宙に月
寒林は昨日の夜が控える場

凩の行来を止める木はないか

白白と思量に比例して雪は

一巡りして弧が閉じる寒卵

クリスマス都心降水量零の

つとめてのひとの温もり積もる雪
一本の欅を軸に雪が舞う

はっきりと欅の姿雪の丘
敷く雪を凹ませゆくとした響

風船をみすみす逃す日の終わり

燕らが引く線の奥行確か

黎明を待ち得ずに出る春休

花降る日日当たりにある懐かしみ

VI ラッシュ

ポスターも凩責めの砌です
床の上に服落ちている寒さです

セーターから首出すときの真顔です

探してマフラー纏う時刻です

忙しげな立川駅に霰です
懐手しているポートレートです

抱擁と革手袋の匂いです

積雪に落ち着くふうの街区です

ラガーの挫折をめぐるショートフィルムの企画です
さっぱりと別れを告げる湯ざめです

作業場にソファー持ち込むミモザです
起き出してよろめいている二月です

卒業の彼が残したラッシュです

卒業の泪のあとの食事です

地球儀をもたげて回す五月です

降りだして音立ち上がる五月です

立山も登山日和の母校です
匙に取るライスカレーも避暑期です

東京は三十九度の見込みです
会うために小諸経由の帰省です

今はない展墓の道の椚《くぬぎ》です

揺れが止みもとのかたちの木槿です

吶吶と信書仕分けの夜業です

物書きのルームメイトの夜なべです

蔦の這う煉瓦のビルが住所です

鯖雲が今日のさぼりの理由です

夜明けまであとひとときの櫓です

ファクシミリ刷られて落ちる猟期です

冷ややかな活版刷りの鉛です

薪割りが十一月の全てです

冬眠の取材ノートが端緒です

コッペパン売り切るころの時雨です

晴れていて懐かしくなる冬至です
ラーメンが仕事納めの習いです

挨拶と暦配りの仕事です
お座なりの如雨露の内も氷です

Ⅶ

居候

あたたかし湯に樹脂製の鶩《あひる》の黄

日永なり光の束が手に直に

型を出て食パン四角花のころ

弟の室内履きに散り込む花

カリフラワー上から胡椒挽かれをり

花過の海老の素揚にさつとしほ

窓ごしに字《あざ》渚町長閑な日

のどかな日クッキー・番茶・居候

玄関に寮の俤夏蜜柑

衣更雨に歪める水たまり

あめんぼの水輪水面に行き渡る

あめんぼが次の水輪の中にをる

肘上げて髪束ねをり松の芯

松の芯天平以来甃《いしだたみ》

湖や彼ら服着て泳ぎをり

一八や座敷に響く蓄音機

さうめんのふやけて残る世界かな

のうぜんや夕刊積めるオートバイ

休暇明机上の眼鏡日をあつめ

秋口や温め直す嚢《ふくろ》もの

淋しい日セダンの上を蔓《つたかづら》

日短卵収めてパック美し

朴落葉一枚拾ふ会ひたいとき

散蓮華冷たし炒飯一口目

珈琲や霜の未明の仕事支度

守衛兼受付係椎落葉

コート択る君が鏡の僕を見る
片時雨鳩サブレーにぽつんと目

和解ありて乳白色に冬の薔薇

躊躇無く人のマフラーして君は

竹馬を立てかけてあり近所の木

雪の友乳温めくれ焦がすまじ

Ⅷ

楡の茂る頃とその前後

師走なり不眠続きのゼリー食

改札を何故急くモッズコート紺

雪催緩いカーブをなす湾の
故郷とはヒーターを背に立つ駅長

宿直後彼が寝る間に豆撒ける

スリッパは滅菌済の夕霞

豆皿に塩豆二月二十日雨

山系や二月も末の鈍い雪

父役あり風船を持ち立つのみの

辞令あり蛸唐揚げと与太話

衣更鏡は欅映しをり

粛々と培養ゲルを貪る黴

原形失ふ治療の浮腫み梅雨に入る

梅雨の夜の目を突く電器店の光《くわう》

六月は眼下仮泊の川艀
人体の焼却事務を白雨に待つ

等閑の珈琲に膜蓮育つ

夏にして楡静謐や三十歳

秋興の灯台白亜晴れ渡る
マスカットほのかに種の見ゆるかな

静物に蟷螂紛れ描かれざる

いつかある時の終りの冷ややかに

ニュースのページ指に手繰れる夜長かな

風邪気味や宵の喫茶に匂ふバタ

降る全て紫黒の海に溶け入る雪

冬帽やカップの麺の蓋の反り

冬枝に秩序あり木に序列あり

傾く木短い木蔭冬休

引きあへる姿の対の冬木かな

眩しさはわつと散らばる冬鷗

藤田哲史　ふじた・さとし

一九八七年　三重県生まれ

二〇一〇年　『新撰21』（筑紫磐井、対馬康子、高山れおな編著、邑書林）に入集

二〇一七年　『天の川銀河発電所 Born after 1968 現代俳句ガイドブック』（佐藤文香編著、左右社）に入集

楡の茂る頃とその前後

二〇一九年一一月三〇日　第一刷発行

著者　藤田哲史
発行者　小柳学
発行所　株式会社左右社
東京都渋谷区渋谷二－七－六－五〇二
TEL　〇三－三四八六－六五八三
FAX　〇三－三四八六－六五八四
http://www.sayusha.com

装幀　佐野裕哉
企画協力　鴇田智哉
校正　田中槐
印刷・製本　中央精版印刷株式会社

ISBN978-4-86528-253-5